Un Appel au Corbeau

Translated to French from the English version of
A Plea to the Crow

Reet Miglani

Ukiyoto Publishing

Tous les droits d'édition mondiaux sont détenus par

Ukiyoto Publishing

Publié en 2025

Contenu Copyright © Reet Miglani

ISBN 9789367959541

Tous droits réservés.

Aucune partie de cette publication ne peut être reproduite, transmise ou stockée dans un système de recherche documentaire, sous quelque forme que ce soit et par quelque moyen que ce soit, électronique, mécanique, photocopie, enregistrement ou autre, sans l'autorisation préalable de l'éditeur.

Les droits moraux de l'auteur ont été revendiqués.

Il s'agit d'une œuvre de fiction. Les noms, les personnages, les entreprises, les lieux, les événements, les sites et les incidents sont soit le fruit de l'imagination de l'auteur, soit utilisés de manière fictive. Toute ressemblance avec des personnes réelles, vivantes ou décédées, ou avec des événements réels est purement fortuite.

Ce livre est vendu à la condition qu'il ne soit pas prêté, revendu, loué ou diffusé de quelque manière que ce soit, à titre commercial ou autre, sans l'accord préalable de l'éditeur, sous une forme de reliure ou de couverture autre que celle dans laquelle il est publié.

DÉDICACEUR

À mon Dédale, qui a fait de mes ailes des ailes de fer et m'a permis de m'élever près du soleil. Je t'aime maman.

Remerciements :

Ce livre aurait dû prendre beaucoup plus de temps à écrire, me connaissant, mais j'avais aussi quelqu'un qui me connaissait mieux que moi.

Maman, merci de me demander gentiment (de façon obsessionnelle) où j'en suis chaque jour, et de me motiver (de me menacer) à écrire chaque jour. Ce livre n'aurait pas vu le jour sans vous.

Chère Jugran Ma'am,

Merci de m'avoir toujours fait croire en moi, quelle que soit la langue dans laquelle j'écrivais, et d'avoir toujours été un grand soutien pour moi. Vos conseils et votre amour ont joué un rôle crucial pour faire de moi la personne que je suis aujourd'hui, et je vous en suis très reconnaissante.

Et Daada, même si tu n'as jamais tout à fait compris ma poésie (ou mes essais), merci de m'avoir toujours donné ce 10/10, que je n'ai jamais eu de maman (toujours bloquée à 8,5 avec elle). Je souhaite et j'espère que ce livre m'apportera ce 1,5 supplémentaire.

Contenu

Chuchotements d'argent	1
Mascarade	2
Kala	4
Le jour où la mort est tombée amoureuse de la vie	5
Les nuances de blanc	7
La poésie dans le vin renversé	8
Évangiles rouges	9
Séjour	10
Éclats de la mer	11
Poésie dans un verre à vin	13
Yeux et constellations	14
Le R de cRime	16
La fille de l'univers	18
Un appel au corbeau	19
Notre langue	20
3:14 a.m.	21
Comment meurent les étoiles	23
Nuages d'argent	24
Souvenirs éphémères	26
6 pieds	27
Demain encore	28
Tradition brisée	29
Sac jeté	30

Nuances de rouge	31
6:19	33
Ma tapisserie	34
Mains cramoisies	35
Poussière d'or	36
Étoiles brisées	37

Chuchotements d'argent

Une belle fille dansant dans les rues vitrées au clair de lune.
Le silence domine encore la brise.

Elle dansait comme si elle entendait les plus belles mélodies, murmurant parfois un mot ou deux.

Elle emportait les mots, volait les chuchotements.

Emballer leurs louanges et les enfermer.

Elle danserait jusqu'à ce que ses pieds saignent d'argent, et le matin l'effacerait. Elle chantait des airs chargés de miel,

Chuchotements d'un amour non partagé.

Elle a volé le cœur des gens en leur jetant des regards en coin. Juste un battement de pieds, un écho de sa voix,

Et vous étiez la sienne.

Minuit était son heure de gloire, la lune illuminant son visage pâle,

Sa robe de satin imite sa grâce. Elle dansait comme si personne ne la regardait, sur les plus belles chansons entendues.

Mais il y a eu un jour où elle ne l'a pas fait ; quand les cris dans son esprit ont cessé

Ils lui ont enlevé sa musique, ils lui ont enlevé ses airs et ont laissé le silence s'abattre sur la ville des morts.

Mascarade

Des murs dorés avec une touche de bronze, du vin cher, le plus pur des alcools. Des robes éblouissantes richement brodées d'or, elle dans sa vieille robe usée.

"Elle s'est dit que ce n'était pas assez bien et s'est précipitée dans les couloirs,

Elle retourne dans sa chambre avec des ciseaux et une robe trop petite.

Le tissu s'est coupé, le sang a coulé, la sueur a coulé, les larmes ont coulé, elle a levé les yeux de son travail lorsqu'elle a entendu frapper. "Une demande de présence", pensa-t-elle joyeusement, mais elle était loin de s'en douter,

Ce n'était qu'une façade, des sourires accueillants, juste pour la forme.

Elle se pavane dans la pièce avec une robe plus étincelante, plus de diamants, plus de broderies, mais d'une manière ou d'une autre, elle ne se sent toujours pas digne.

Un petit pic, une vue d'ensemble,

un masque est tombé, donnant le coup d'envoi des événements de la nuit. Le papier peint se déchire, révélant une chair rouge sang. Le lustre se brise, son verre se transformant en griffes.

On entendit un cri, peut-être était-ce elle, ou peut-être pas. Chuchote à son oreille, les larmes débordent,

Elle arrache sa robe, hurle de tout cela. Le bruit de la porte qui se referme, les échos de ses appels alors qu'elle tente de s'enfuir. C'était peut-être le destin, peut-être pas,

Mais la mascarade devait se transformer en massacre

Kala

L'art n'épargne personne. Elle n'épargne aucune erreur, aucune ligne mal tracée, aucune courbe laissée inachevée, et pourtant l'art pardonne si facilement. Elle transforme vos déversements en arbres, vos dérapages en feuilles, vos taches d'encre en épitaphes rouges, en tableaux tissés à partir de la chaîne des mots que vous n'avez pas dits. Elle prend votre pinceau cassé et le transforme en nuages bleus, elle prend votre main tremblante et la fait fondre avec la teinte glacée du soleil. Elle prend vos murmures d'expiation et les transforme en pierres tombales pour les morts, elle prend votre larme renversée et la transforme en lit de rivière. Alors dites-moi pourquoi avons-nous si peur de l'art, si peur des chiffres qui ne figurent pas sur nos cartes, pourquoi avons-nous si peur de la beauté impunie, pourquoi avons-nous si peur des erreurs sans conséquences ? Ma chérie, je suis sûr que tu sais que l'art n'épargne personne, qu'il ne pardonne pas, qu'il est compétitif, qu'il est perfectionniste, qu'il t'épuisera du matin au soir, du soir au matin, que le cycle se répète ; mais ma chérie, c'est le prix à payer, car l'art est si miséricordieux, à sa propre et belle manière.

Le jour où la mort est tombée amoureuse de la vie

Le jour où la mort est tombée amoureuse de la vie, les fleurs ont bavardé. Le vent sifflait doucement, absorbé par leur conversation. Le soleil s'était caché derrière une maille blanche, timide aux conversations sur l'amour, et le croissant de lune était encore visible ; l'équilibre de cet équilibre était proéminent. La boue molle gravée des empreintes de l'humanité laissait s'imprégner ces chuchotements, et les gouttes de pluie sur le feuillage vert se regardaient les unes les autres avec une question dans les yeux.

Le jour où la mort est tombée amoureuse de la vie, c'est le jour où il l'a regardée dans les yeux. C'est le jour où il s'est demandé comment quelqu'un d'aussi ruiné pouvait toucher quelque chose d'aussi pur, d'aussi beau, alors il ne l'a pas fait. Il décide de la suivre jusqu'au bout du monde. Le jour où la mort est tombée amoureuse de la vie, elle a dit au temps d'attendre, ce qu'elle a fait, elle a attendu pendant l'éternité le retour de son compagnon, mais la mort était tombée amoureuse. La mort était tombée si désespérément et si tragiquement amoureuse de la vie que les fleurs autour d'elle brillaient d'un bel or et que les oiseaux autour d'elle semblaient chanter les plus belles chansons. La mort était tombée si désespérément amoureuse de la vie qu'il avait peur de la toucher, de peur qu'elle ne l'emporte, et il regardait donc de loin, il regardait comment elle guérissait tout le monde autour d'elle, peut-être même lui. Peut-être que même la mort pourrait vivre, et peut-être que la vie pourrait tomber amoureuse de la mort. Mais le temps se sentait seul, séparé de son seul compagnon, alors pour la première fois, elle s'est séparée de la mort et a fait sonner 12 heures à l'horloge.

La mort a été forcée d'ôter la vie.

Les nuages ont versé des larmes, la boue a pleuré et s'est lavée. La Lune a pleuré la vie, couvrant son croissant d'un voile noir, et le Soleil est allé la ramener. Le vent hurle fort, les gouttes de pluie sont aspirées par la tempête ; le jour où la mort est tombée amoureuse de la vie, le monde s'est écroulé.

Les nuances de blanc

Tu m'embrouilles la tête, Les nuances du noir. La ligne plate s'engourdit ;

Une couleur, une touche de douceur. Tu as coulé dans mes veines, tu as donné à Eve ma main,

Le Prism éclaire mes lunettes de soleil.

    Une tête nuageuse, noyée dans le gris, une couronne qui saigne

    Sa tête était lourde L'histoire de sa mort La couronne saignait

La poésie dans le vin renversé

Je t'envelopperai d'un ruban d'or au coucher du soleil, d'un soupçon de musc et la beauté se déploiera.

Les rayons s'échappent des brèches comme du vin, le sable s'écoule, marquant notre temps. J'embrasserai les eaux pour toi, Dis le mot et je dirai adieu à ma vie. Le sang tache les eaux calmes comme du vin, le sable s'écoule, marquant notre temps. J'attirerai le vent dans un panier de crochet, L'éloignant de son foyer.

La poudre de grès rouge empoisonne l'air comme du vin. Le sable s'écoule, marquant notre temps.

Je capturerai la lune entre des nuages d'argent, et je te la présenterai dans un plateau de cristal en aval. La lune rouge en colère nous éclaire comme du vin renversé, le sable s'écoule, marquant notre temps.

Je plongerai ton cristal préféré dans les mers en colère, noyé dans les rayons du soleil,

S'épanouir avec l'essence des arbres qui tombent. Je te donnerai le monde dans un joli paquet rose, Parce que peut-être alors, ton regard se posera sur moi.

Évangiles rouges

Vous ne murmurez pas des mots mais de la poésie, pas des phrases mais des ballades,

Enduits de miel et enveloppés d'or,

Tu ne chuchotes pas des mots, mais des histoires encore inconnues Tu ne chantes pas des chansons, mais des cris,

Pas des vers, mais des cris,

Plein d'espoir perdu et débordant de larmes, vous ne chantez pas des chansons, mais de la douleur mêlée à de la peur.

Vous ne dansez pas des pas mais de l'émotion, pas des morceaux mais de la ferveur.

Chaque torsion blesse votre cheville, Vous ne dansez pas des pas mais des tourments. Vous ne peignez pas des images mais des histoires, pas de l'art mais des chroniques,

Peints en rouge sang, les récits de guerre ;

Vous ne peignez pas des images mais des évangiles ; les gens en redemandent.

    Vous ne racontez pas des histoires mais leur fin, Des histoires sans héros ni méchants, Chaque phrase douloureusement proche de la fin, Vous ne racontez pas des histoires mais votre fin.

Séjour

Reste, dans ma vie. Oublier une partie de soi et revenir la prendre des années plus tard, traîner nerveusement devant la porte, les mains dans les poches, en essayant de trouver les mots à dire. Demandez "cinq minutes de plus", comme le réveil, cinq minutes de plus avant que le vent ne vous emporte.

Reste, dans ma vie. Appelez-moi à 3h12 du matin avec votre seule haleine pour me dire tout ce qu'il y a à dire, écrivez-moi ce courriel et effacez-le, mais continuez quand même à m'écrire.

Reste, dans ma vie. Regarde-moi dans le couloir, ouvre la bouche et ce n'est pas grave si les mots ne coulent pas, mais n'oublie pas de me regarder dans les yeux comme tu l'as fait toutes ces fois. Passez devant moi, tournez-vous vers moi pour vous excuser et je laisserai tomber si vous me regardez avec ce regard, mais n'oubliez pas de rester.

Reste, dans ma vie. Oublie une partie de toi et je te promets de la garder en sécurité, tourne autour de la porte nerveusement et je te promets de t'inviter à entrer, supplie pour cinq minutes de plus et je te jure que je t'offrirai une vie entière, mais s'il te plaît, promets de rester.

Éclats de la mer

Elle va et vient comme les marées d'un océan autrefois magnifique,

Essuyer les empreintes sur le sable ; un dernier rappel de notre existence.

Il emporte des pierres, incrustées de déclarations d'amour.

C'est un tsunami, c'est une douce brosse.

Elle me brise en deux, me reforme dans la paume de sa main Elle me tient en otage, moi aux trousses de ma création.

Il me fait supplier, pleurer, espérer, C'est un désastre, une touche salvatrice.

Il chante les cris de ceux qui ont perdu leur voix, il danse pour ceux qui ne peuvent plus bouger.

Il fait écrire prose après prose, c'est ma rédemption, c'est ma disparition.

C'est l'odeur de la boue après la pluie,

C'est le glissement du pied sur le sol mouillé. Ce sont les genoux écorchés et les coudes qui saignent,

C'est un pansement, c'est une blessure par balle.

Elle vient et tue comme les vagues d'un océan en colère, effaçant les souvenirs heureux et les personnes encore présentes.

Il emporte l'espoir, la dernière grâce salvatrice ; C'est ma volonté de vivre, c'est ma volonté de ne pas vivre.

Poésie dans un verre à vin

Elle était de la poésie dans un verre à vin. Elle s'est emportée, a crié, pleuré, s'est répandue. Elle a souffert, s'est tachée, est tombée, a coulé.

Elle a embouteillé ses émotions dans une bouteille de vin millésimée,

Sa rage fait trembler le chai et brise les boyaux. Elle a sécurisé la cave avec un mur en acier,

Jusqu'à ce que quelqu'un les démolisse en même temps que sa cave. Elle a créé une section pour chacun de ses sentiments,

Un assortiment de vins remplit les sections. La rage, la faim, le désespoir, la désespérance, tous remplis du plus riche des vins.

Une bouillie de toiles d'araignée cependant là où son amour était censé se trouver.

Des journées entières passées à regarder l'armoire vide. Parfois, elle essayait d'y mettre un vin ou deux. Mais aucun vin n'était assez cassé

Aucun vin n'était assez pourri.

Elle était passion, sang-froid, chaleur, impitoyabilité, le tout mélangé dans une saveur que personne ne préférait. Elle était le vin qui ne vieillissait pas bien,

    Le raisin qui s'est mélangé à un peu trop d'aigreur.

Yeux et constellations

Des clichés que je détestais plus que la romance,

Mais quand ses yeux s'illuminent comme les constellations qu'il aime tant,

Je n'ai pas pu mettre le doigt dessus, mais j'ai laissé tomber et j'ai réfléchi à nouveau.

Les coups de cœur et les béguins, je les détestais plus que les histoires d'amour,

Mais lorsqu'on l'interroge sur lui et qu'il a tant de choses à dire, ce ne sont pas les mots qui s'égarent,

J'ai laissé tomber et j'ai réfléchi à nouveau.

Les roses et les chocolats, je les détestais plus que la romance, mais le voir se réjouir de sentir les roses et de manger le chocolat,

Ses amis chuchotant à propos de son amant secret, j'ai laissé tomber et j'ai réfléchi à nouveau.

Des regards volés que je détestais plus que la romance,

Mais ses yeux brillent d'une lueur de défi, et il ne recule pas, même après avoir rencontré les miens,

J'ai capturé le moment avant de le laisser filer. J'ai beaucoup réfléchi avec lui.

Penser, effacer, trébucher, tomber.

Le cours de ma vie s'est déroulé rapidement, comme si

ses ficelles avaient été coupées.
Mais cela ne me dérangeait pas,
Parce que je l'ai observé de loin,

    J'ai laissé passer l'idée et j'ai souri à nouveau.

Le R de cRime

J'ai voulu faire semblant encore un peu et j'ai donc aveuglé mes yeux et assourdi mes oreilles.

"Soyez un héros

Ses mots résonnent dans mon cerveau : "Sauvez votre monde".

Les railleries m'engloutissent "Mais je sauverai les miens"

Un cadeau d'adieu, une promesse,

Sauver quelqu'un qui n'avait pas besoin d'être sauvé ; Du criminel au crime.

J'ai chassé ces pensées,

Alors que je sentais une sensation de reptation sur ma jambe, des murmures de promesses non encore faites, des bribes d'une vie non encore vécue.

"Les héros sont faits de la voie qu'ils choisissent et non des pouvoirs dont ils sont gratifiés. Le pouvoir, je l'avais, et la voie, je l'ai choisie,

Mais lorsque j'ai ouvert les yeux et que je l'ai vu de près,

Je me suis demandé si le mal était censé se sentir aussi bien. Un sourire en coin s'est dessiné sur ses lèvres et je l'ai involontairement imité.

Je ne voulais plus faire semblant. J'ai donc déchiré mon

déguisement,

J'ai déchiré la cape, j'ai noirci mon visage

Et se dirigea vers lui. "Il a sauvé son monde

J'ai pensé en croisant mes doigts dans les siens. "Et j'avais abandonné le mien"

Deux criminels, perdus dans le bonheur du crime.

La fille de l'univers

"Je pense que l'univers est mystérieux. Elle se plie et se déplie, révèle et cache, fait et défait, mais garde ses vérités cachées sous une pile de cache-cache. Elle crée les planètes, la lune, les étoiles et, pour une raison ou une autre, elle m'a créé. Celle qui a le pouvoir de modeler l'univers, d'endormir le Soleil et de faire de la Lune un croissant, et puis invisible, elle me crée. Mais je me dis alors qu'elle ne m'a peut-être pas créé pour moi. Je pense que j'existe pour toi, parce qu'elle peut se plier, se déplier, se révéler, se cacher, se faire et se défaire, mais je sais une chose sur l'univers : elle n'était pas censée avoir de favoris, mais je pense que c'était avant que tu ne sois créé.

Un appel au corbeau

Chère corneille,

J'ai entendu dire que vous vous souveniez des visages. Vous vous souvenez de la courbe de la joue et de l'inclinaison du nez. Vous vous souvenez de la plongée des yeux et de l'élévation des lèvres. Vous vous souvenez de la douceur d'un rire et de l'acuité d'un ton. Je vous demande donc, avec tout l'espoir de mon cœur, si vous vous souvenez de mon amant. Vous souvenez-vous du rose sur leur visage, de l'océan dans leurs yeux et du soleil en eux ? Vous souvenez-vous de mon amant comme d'un être cosmique, ou comme d'un simple humain qui a sorti un bol d'eau pour vous ? Vous en souvenez-vous ? Je vous en supplie, si vous vous souvenez de leur sourire, ou même de leur froncement de sourcils, donnez-moi un peu d'eux. Cher corbeau, si jamais tu trouves un morceau du cosmos, caché quelque part derrière le brun de tes nids et le bleu de ton toit, je t'en supplie, rends-moi mon univers.

Notre langue

Je suis faible en maths. La trigonométrie me fait peur et je fais comme si l'intégration n'existait pas, mais je sais que 1+1 n'est pas 11, c'est 2, parce qu'aucun des deux n'est plus grand que l'autre, aucun ne peut prendre la place du dixième, et peut-être que ce n'est pas vraiment comme ça que fonctionne l'addition, mais j'espérais que c'était comme ça qu'elle fonctionnait avec nous. Au lieu de cela, tu as pris le dixième et m'as laissé le un, et j'ai pensé que 1 était peut-être mieux que 01. Je n'aime toujours pas les maths, mais je pense que ce n'est peut-être pas moi qui n'ai pas compris les maths, peut-être que c'est toi qui l'as fait.

3:14 a.m.

3:14 a.m.

Jeudi

Je ne veux pas qu'il m'aime en retour. Bizarre, non ? Nous passons chaque instant ensemble, chaque jour commence par l'ouverture de son chat et le sourire à ses messages parce qu'il se lève tôt, et chaque jour se termine par l'envoi d'un message parce que je me couche tard, mais je ne veux pas qu'il m'aime en retour. À chaque anniversaire, à chaque vacances, à chaque réussite, c'est lui que j'appelle en premier. Sa famille m'appelle leur enfant et c'est le premier garçon que ma mère aime. Chaque dispute stupide et chaque journée horrible se terminent par le fait qu'il me fait rire, mais je ne veux pas qu'il m'aime en retour.

C'est drôle, non ? Mon monde tourne autour de lui. Il ne le sait pas, mais j'apprends à jouer à tous les jeux vidéo qu'il aime et j'économise pour acheter des billets au premier rang pour le groupe qu'il aime tant. Je me réveille plus tôt que d'habitude pour le surprendre avant qu'il ne parte à l'université, et je me couche plus tard que d'habitude pour pouvoir terminer l'album pour notre premier anniversaire de mariage (note : obtenir les impressions), et il est tellement évident que je suis amoureuse de lui, mais je ne veux pas qu'il m'aime en retour. Je ne veux pas qu'il m'aime en retour, car s'il le fait, cela devient très réel. S'il m'aime en retour, il devient aussi fou que moi, alors non, je ne veux pas qu'il m'aime en retour, parce que tous les poètes qui sont aimés, écrivent des poèmes sur le chagrin d'amour.

Comment meurent les étoiles

Mon amour pour elle était si fort qu'il aurait pu rivaliser avec une supernova. Il a crié, il a hurlé, c'était le gamin qui s'était échappé en criant depuis la falaise, en riant et en pleurant et en racontant à qui voulait bien l'entendre ; c'était une explosion. C'était fort, c'était grand, c'était en éruption et c'était la pluie ; mon amour pour elle était si fort qu'il pouvait rivaliser avec la naissance d'une étoile ; il était si grand qu'il rendait les poètes fous.

Mais ensuite, j'ai vu son sourire un dimanche matin au hasard, juste un aperçu de sourire, une douceur et une aisance dans ses pas, comment elle se sentait chez elle et comment je savais qu'elle allait tourner la tête, l'incliner et dire "au revoir", et j'ai su, j'ai su que c'est comme ça que les étoiles meurent.

Nuages d'argent

Je crois que je déteste la couleur argent. Je l'ai détesté lorsque je l'ai porté sur le podium pour la première fois, je l'ai détesté lorsque je l'ai accroché à mon mur et qu'il s'est heurté à l'or de mes étagères, mais je pense que je l'ai détesté par-dessus tout lorsque j'ai ouvert le cadeau d'anniversaire que tu m'avais offert et que j'ai vu une chaîne en argent à l'intérieur. J'avais mémorisé par cœur tes équipes de football préférées, même si je n'arrivais jamais à comprendre ce qui se passait. Je connaissais tous tes dessins animés préférés et ton stand de nourriture préféré, le vieux Falafel du quartier. J'avais mémorisé les numéros de tes amis au cas où mon téléphone ne fonctionnerait plus dans les rues de Thaïlande, et je devais revérifier ta pointure parce que j'avais trouvé une paire que je savais que tu adorerais, mais tu ne pouvais même pas voir tous les colliers en or que je portais. Vous ne vous souvenez pas de la fois où je me suis emportée sur le fait que l'argent me décolore et que je ne pouvais donc pas acheter ce haut que j'aimais tant, ni de la fois où j'ai dû échanger les boucles d'oreilles que ma mère m'avait achetées parce que l'argent n'était tout simplement pas ma couleur. Comment j'avais acheté mon collier en or préféré lors de cet horrible voyage en voiture avec nos amis, et comment j'avais rempli mon comptoir de bijoux en or ; vous ne pouviez pas vous en souvenir. Alors oui, peut-être que recevoir une médaille d'argent en CE1, c'était nul, mais recevoir cette chaîne d'argent de ta part, c'était encore plus douloureux, parce que tu n'arrivais pas à t'en souvenir. Mes nuages n'ont jamais eu de doublure argentée ; ils ont toujours été complètement dorés, mais pour la première fois depuis le CE1, tu as fait pleuvoir de l'argent sur mes nuages aujourd'hui.

Souvenirs éphémères

Les souvenirs sont si fugaces. Je jure que cela fait un an, et je le sais parce que je me souviens de chaque jour passé avec toi, ou peut-être que c'est chaque conversation et non le jour, parce que les souvenirs sont si fugaces, mais l'ai-je déjà mentionné ? Quoi qu'il en soit. J'oublie beaucoup de choses. Je ne me souviens toujours pas, après toutes ces années, si j'ai mangé des céréales au petit-déjeuner ou si je les ai complètement sautées, mais je sais que tu me l'as rappelé 12476 fois, parce que je me souviens de chaque conversation avec toi, ou peut-être que c'était juste une, les 2476 autres fois c'était moi qui me souvenais de toi, mais qu'est-ce que j'en sais, tu as toujours dit que j'étais faible en maths, de toute façon. Je m'en souviens, mais je crois que je ne me souviens plus de vous. C'est drôle, parce que je me réveille toujours à 6h17, exactement une minute avant toi, je ne sais toujours pas pourquoi, mais c'est peut-être parce que les souvenirs ne sont pas éphémères ; certains d'entre eux s'incrustent en nous, et les autres retournent à ceux à qui ils appartiennent. Peut-être que nous étions les seuls à être éphémères.

6 pieds

Elle détestait leur différence de taille. Il la dominait et riait lorsqu'elle portait ses plus gros talons et qu'elle était toujours plus petite que lui. Elle lui donnait un léger coup de poing sur l'épaule en marmonnant des jurons et des blasphèmes, et il riait en la rapprochant ; c'était réglé, c'était beau, c'était chez lui. Mais les maisons volent en éclats lorsque les vannes s'ouvrent, et tandis que ses larmes coulent, humidifiant la boue sous elle, elle est finalement plus grande que lui. Elle mesurait toujours 1,80 m, mais il était maintenant 1,80 m en dessous.

Demain encore

Je souhaite à l'étoile filante que demain disparaisse. Pour que les étoiles brillent, que les oiseaux dorment et que l'obscurité demeure, je souhaite à l'étoile filante que demain s'en aille. Je souhaite que les étoiles brillent, mais je souhaite aussi qu'elles tombent, car comment puis-je souhaiter qu'elles restent brillantes et vivantes dans l'obscurité ? Je ne suis pas l'enfant de la science, mais je suis celui des étoiles, et je sais que pour briller, quelqu'un doit brûler. Je pense aux supernovas, aux étoiles, aux galaxies et à l'univers, mais j'oublie de souhaiter à l'étoile filante que demain disparaisse. L'étoile tombe, l'aube se fissure, c'est à nouveau demain.

Tradition brisée

Il s'agit d'une tradition. Il était le vieux livre froissé et légèrement taché que je gardais dans mon sac depuis que j'étais en troisième. C'était les fleurs séchées que j'avais encadrées sur mon étagère, les premières que j'avais reçues. Il était ce goût de chocolat que j'avais choisi à l'âge de deux ans, ces petits chocolats emballés dans du papier d'aluminium que toutes les grands-mères semblent posséder comme par magie ; il était chez lui. Mais j'ai grandi et j'ai dû déménager. Mon livre préféré s'est retrouvé dans une boîte en carton, oublié et poussiéreux. Ma voiture n'avait plus de place pour les vieilles fleurs puisque j'en avais reçu beaucoup de nouvelles, alors elles ont été mises à la poubelle. Mon chocolat préféré est devenu ces chocolats coûteux recouverts d'or qui n'avaient pas le goût du chocolat, et la tradition, ainsi que lui, me sont devenus étrangers.

Sac jeté

Je rentre de l'école, je suis fatiguée, il fait chaud, je laisse mon sac dans l'embrasure de la porte parce que je sais qu'il me reviendra, je me précipite dans ma chambre et je m'allonge. Ma mère arrive avec une assiette de mangues coupées et je suis tellement ennuyée que je veux qu'elle parte parce que je suis fatiguée, qu'il fait chaud et que je sais que mon sac va me revenir. Je dors une heure, ou peut-être plus, car lorsque je me réveille, mon sac ne m'a pas été rendu. Je suis encore fatiguée et il fait encore chaud, mais mon sac est dehors. J'appelle ma mère pour obtenir ces mangues qui sont juste là, sauf qu'elles ne sont plus là. Cela ne fait pas une heure, cela fait tellement plus longtemps, et je suis toujours fatiguée et il fait toujours chaud, mais cette fois je dois couper mes propres mangues, parce que je ne suis plus à la maison, et ma mère n'est plus ma mère.

Nuances de rouge

Il n'a jamais pensé que le rouge était une couleur primaire. Il a vu la colère de son père et l'amour de sa mère. Il a vu les bouteilles vides et les cendres, les taches bleues et violettes sur la peau. Il a vu les lignes blanches sur la table et les lignes blanches sur les poignets, et il s'est demandé comment il était possible que la colère soit rouge, mais que l'amour le soit aussi. Comment la colère de son père pourrait-elle être de la même nuance que le réconfort de sa mère ? Il a ensuite vu l'expression du visage de son père lorsque son frère est rentré à la maison après de nombreuses années, et l'expression du visage de sa mère lorsqu'elle a ouvert son portefeuille et qu'il n'en est sorti qu'un seul centime, et il s'est dit que l'amour et la colère ne pouvaient peut-être pas exister l'un sans l'autre. Peut-être que pour que l'amour existe, il faut que la colère soit cachée, et que pour que la colère brille, il faut que l'amour soit enfoui au plus profond, et peut-être que la colère et l'amour sont tous deux rouges parce qu'ils existent toujours ensemble, d'une manière bizarre et tordue. Peut-être n'avons-nous jamais vu la couleur de l'amour, parce qu'il a toujours été accompagné de colère, transformant l'amour en rouge. Une mère qui serre son enfant en sanglots dans ses bras l'aime, mais elle en veut au monde entier de l'avoir fait pleurer. Son rouge est différent de celui d'un joueur qui vient de gagner, mais il est rouge quand même. C'est peut-être pour cela qu'il existe autant de nuances de rouge, car le rouge n'est pas une couleur primaire, il lui en faut deux pour se former.

6:19

Je me réveille encore à 6h17, exactement une minute avant toi, mais tu n'es pas là, tu as quatre heures d'avance, alors peut-être que dans ta vie je dors encore, j'ai encore les draps moelleux enroulés, je suis encore dans mon lit, et je suis encore dans mon rêve. Mais peut-être que j'ai 20 heures d'avance sur vous. Peut-être que j'ai terminé ma journée et que je m'arrête là. Peut-être que je rentre chez moi dans votre vie, à votre époque, et que je vais me coucher. Mais ça n'a pas d'importance, parce que dans nos deux temps, je suis toujours au lit, et tu es toujours absent, et je sais que tu penses que je suis égoïste, mais j'ai besoin de plus de 24 heures dans une journée, parce que peut-être alors je me réveillerai à 6h19.

Ma tapisserie

Je passe au crible vos monstres, un labyrinthe dont la sortie est indiquée

Mais le chaos chéri n'a jamais été aussi beau

    Comme ce fut le cas une fois que j'ai tissé une tapisserie avec notre fil.

Mains cramoisies

Elle s'est assise sous les étoiles tachées d'ivoire, car le monstre n'a fait qu'une bouchée de l'homme.

a pris

a pris

a pris

Il a pris sa dentelle de neige et l'a laissée tachée de cramoisi, il a pris ses petites mains, a modelé son corps sur le sien, l'a donné en pâture aux loups et l'a laissée avec les restes. Il lui a murmuré à l'oreille des promesses d'une vie non vécue, mais lorsqu'elle a posé une question, il a étouffé son souffle.

Cou violet, yeux rouges, porte brune, lianes noires.

Poussière d'or

Étoiles brisées

Dans tous les autres univers, Orphée se retourne, et dans tous les autres univers, Eurydice n'est pas là, mais un Orphée qui ne se retourne pas est un Orphée qui n'aime pas Eurydice, alors elle paie le prix de l'amour ; éternel et sombre, séparé à jamais par les étoiles.

www.ingramcontent.com/pod-product-compliance
Lightning Source LLC
LaVergne TN
LVHW041559070526
838199LV00046B/2048